LETTRE

DU DOCTEUR

ULMIPHILUS

A UN DE SES CONFRERES,

Sur les merveilleuses propriétés de l'Ecorce d'Orme pyramidal.

A ÉPIDAURE.

M. DCC. LXXXIII.

LETTRE

DU DOCTEUR ULMIPHILUS

A UN DE SES CONFRERES,

*Sur les merveilleuses propriétés de l'Ecorce
d'Orme pyramidal.*

Mon cher Confrère,

Il y a vingt ans que je travaille à un ouvrage
sur la Médecine, dont j'espérois donner dans une
vingtaine d'années la premiere partie au Public.
Vous savez aussi-bien que moi qu'on se plaint
depuis long temps de la multiplicité des remèdes & de l'incertitude de leur action, qui
en est la suite nécessaire. Mon but étoit de sim-
plifier la matière médicale. Je vous avouerai
que j'aurois cru avoir fait beaucoup, si, à l'épo-
que que j'ai fixée, j'étois parvenu à réduire environ à la centième partie les médicamens dont on
se sert communément ; ainsi au lieu de décrire

A ij

environ deux mille fubftances que l'on compte
ordinairement parmi les remèdes fimples , com-
pofés & mêlangés , je n'aurois parlé que d'une
vingtaine de médicamens choifis & diftingués dans
cette foule. Je commençois à efpérer qu'à l'aide
d'une fuite d'obfervations égales à celles que j'ai
déjà faites depuis mes quatre luftres expérimen-
taux , je parviendrois à donner quelque chofe de
neuf & d'important fur l'art de guérir. Je me
flattois de la reconnoiffance de tous les hommes ;
mes idées s'élançoient agréablement dans l'ave-
nir ; je me voyois élever des autels ; le parfum
de l'encens brûlé en mon honneur, m'échauf-
foit & m'allumoit l'imagination ; fans ceffe
bercé de cette douce efpérance , je pourfuivois
dans le filence mon utile, & j'ofe dire, mon
fublime travail. Je m'éveille Vendredi, douze
de ce mois, après avoir été agité pendant la
nuit par mon démon familier , car j'en ai un
comme SOCRATE ; on m'apporte le Journal de
Paris & fon fupplément. Ce dernier qui porte le
titre *Médecine*, fixe toute mon attention ; mais
que devins-je à cette lecture? mes fens fe trou-
blent ; l'admiration, l'incrédulité, la crainte,
le défefpoir m'agitent tour-à-tour ; quoi! me
dis-je, voilà donc mon projet nul, mes vingt
années d'obfervations perdues ; un autre en un

jour fait plus que je n'aurois pu faire en quarante ans! L'Ecorce d'Orme pyramidal dont je fçavois que PLINE, DIOSCORIDE, GALIEN, RAY, MILLER, &c. ... avoient parlé avantageufement, a bien d'autres propriétés que celles qui lui ont été attribuées par ces Médecins; elle guérit tout, fuffit à tout, & vaut à elle feule tous les autres médicamens, paffés, préfens & futurs. Quelque fimple que je vouluffe rendre la matière médicale, M. BANAU la fimplifie encore plus, & vous fentez, mon cher Confrère, combien cela eft cruel pour moi. Voilà donc mes autels renverfés; je me vois forcé de les céder à M. BANAU, & qui pis eft, de convenir qu'il les mérite beaucoup mieux que moi, car vous ne doutez pas fans doute que ce Médecin ne foit un Dieu plutôt qu'un homme. En effet guérir quarante maladies, les plus terribles & les plus réfractaires à la Médecine, avec un feul remède, avec une fimple Ecorce, c'eft être le bienfaiteur de l'*humanité fouffrante*; c'eft faire beaucoup plus que n'a fait HYPPOCRATE que nous avons tous la bonté ou la bonhommie d'admirer encore. Pauvre vieillard de Cos! vous qui jouiffiez dans la nuit du tombeau, d'une célébrité qui n'a point eu de nuage depuis plus de deux mille ans, defcen-

A iij

dez du trône médical que vous occupiez depuis
fi long temps, & faites-y monter M. Banau (1)!
Oui, mon cher Confrere, pardonnez au cri de
l'enthoufiafme, M. Banau eft le Dieu de la
Médecine; quelque chagrin que me faffe fa
découverte, je ne puis réfifter à l'admiration
qu'elle m'arrache. A quoi fervent aujourd'hui tous
ces médicamens préparés & confervés avec tant
de foin par les Apothicaires? A quoi bon ces élec-
tuaires trop fameux, ces fyrops multipliés, ces
pilules amères & fétides, ces eaux diftillées?
Pharmaciens! brifez ces pots qui ne recèlent
que la mort! *mors in olla*; jettez ces poifons
médicamenteux! dépouillez tous les Ormes

____

(1) Cette phrafe ronflante que l'enthoufiafme m'a
dictée, me fait naître l'idée de l'emblême fous lequel
je defirerois qu'on fît frapper une médaille à M. Banau;
voici quel eft le fujet qui me paroît le plus approprié
à la circonftance : Le bufte d'Hyppocrate paroîtroit
renverfé fous les coups d'une branche d'Orme, avec
laquelle M. Banau le frapperoit; on liroit au bas :
Hyppocratis victori Ulmifero Banau. C'eft bien le
plus modefte hommage qu'on puiffe rendre à l'Auteur
d'une découverte auffi utile à l'humanité ! L'épi-
thète d'*Ulmifer* que je donne à ce grand Médecin,
exprime en un feul mot la grandeur, la majefté, le
fublime de fa découverte & l'annoncera à la pof-
térité.

pyramidaux, comblez vos magafins & vôs gre-
niers de la précieufe écorce de cet arbre ! &
vous, Cordiers mal avifés, ne contournez plus
cette membrane végétale, pour en faire de viles
cordes à puits ! un plus noble emploi, un plus
précieux ufage lui eft réfervé.

Permettez-moi, Mon cher Confrère, de
vous préfenter ici l'enfemble des maladies que
M. BANAU a guéries avec ce remède, & ne
vous effrayez pas de l'affreufe cohorte que je
vais vous faire paffer en revue ; fouvenez-vous
que vous poffédez l'égide contre tous ces
maux.

Dartres fixes ou errantes.

Accidens occafionnés par les dartres refou-
lées.

Maladies internes & extérieures, qui vien-
nent de l'âcreté ou de l'épaiffiffement de la
lymphe.

Vieux Ulcères. Fluors blancs. Laits répandus.

Affections cancéreufes, fcrophuleufes, âcres
& nerveufes.

Vapeurs. Crifpations à la tête. Convulfions.
Crampes. Infomnies. Inquiétudes.
Etourdiffemens. Vertiges.
Rhumatifmes les plus invétérés.
Gale. Teigne. Scorbut.

A iv

Maladies vénériennes ; même celles où tous les traitemens spécifiques connus ont échoué.

Suites des Commotions, des Chûtes & des Coups.

Suppreſſion du Flux menſtruel.

Inflammations violentes. Gangrene.

Eréſypeles. Rougeole. Petite-Vérole.

Pléuréſies. Point de côté.

Engorgement des Glandes. Plaies récentes.

Douleurs de Goutte. Coupures. Brûlures.

Panaris. Engelures. Gerçures.

Gonflement & rougeur des pieds & des mains.

Douleurs de l'Enfantement.

Tranchées & Coliques des Femmes accouchées.

Hydropiſies. Aphtes.

Tels ſont les maux auxquels l'Ecorce d'Orme oppoſe des armes victorieuſes entre les mains de M. Banau. Une pareille découverte en Médecine, ne doit-elle pas être aſſociée aux plus célèbres Panacées, & ne ſeroit-ce pas là ce fameux remède univerſel que nous attendons depuis ſi long temps ? Car d'après la liſte des maux qu'elle guérit, il n'y a point de doute qu'elle n'en puiſſe guérir beaucoup d'autres encore. Qu'on ne vienne donc plus ſe plaindre du peu de progrès de la Médecine. Le Cancer, les maladies anciennes de la peau étoient l'opprobre de cet art ; M. BANAU paroît, l'Ecorce d'Orme à la main , & il terraſſe ces deux monſtres. Telle la tête de Méduſe pétrifioit les malheureux auxquels on la préſentoit.

O vous ! ſexe charmant , pour qui l'inſtant d'être mère ſe préſente ſous l'aſpect effrayant de la douleur, chantez les louanges du Docteur BANAU ; préparez-lui des couronnes de *feuilles d'Orme* ; il vous délivre de ces ſenſations affreuſes qui empoiſonnent le moment le plus doux de votre exiſtance , & il épure encore la ſenſation délicieuſe de la maternité.

Vous croyez, mon cher Confrère , que la décoction d'Ecorce d'Orme , priſe en boiſſon, ou adminiſtrée à l'extérieur, jouit des ſeules propriétés que je viens de vous faire connoître : ne vous laſſez pas d'admirer, j'ai encore quelque choſe de plus à vous apprendre. Cette décoction eſt le plus doux, le plus joli, le plus charmant coſmétique qui puiſſe exiſter : elle enlève la croûte de *talc*, que laiſſe le rouge ; elle donne à la peau une onction qui lui reſtitue tout ce qu'elle a pu perdre ; elle fait diſparoître les rides. Je m'arrête à cette dernière propriété : que de pratiques va avoir

M. Banau ! Plus fûr de fes moyens que Médée *
que de Jasons il va rajeunir ! que de rides je
vois arriver chez lui ! que de peaux à rétablir dans
leur première fraîcheur ! que de plis à effacer ! *que
de têtes à changer !* L'heureux mortel ! quel bien il
fait à fes femblables ! Il ne fe contente pas de re-
nouveller les vifages avec l'eau d'une autre fon-
taine de Jouvence , il trouve encore un nouveau
procédé pour ramollir & adoucir la barbe; le même
fluide qui facilite & calme les douleurs de
l'enfantement , appaife auffi le feu du rafoir ;
& depuis la réputation de grand Médecin ,
jufqu'à celle de parfait Barbier , M. Banau
acquiert tout avec fon remède.

Vous auriez de juftes reproches à me faire ,
mon cher Confrère , fi je n'ajoutois pas à toutes
ces merveilles , des détails fur les grands talens,
du grand homme , qui vient de faire cette grande
découverte ; vous oferiez peut-être le taxer
d'impofture ou d'aveuglement , fi je ne vous
démontrois qu'il eft également fublime dans les
différentes parties de fon art. Le croirez-vous ?
c'eft dans fa *Lettre aux Auteurs du Journal de
Paris* , dans cet utile ouvrage de quatre pages
*in-*4°. que je puiferai les preuves de fes lu-
mières ; & vous conviendrez bientôt avec moi ,
qu'il pourroit fe dire à plus jufte titre qu'Horace :

Exegi monumentum ære perennius. Je vais vous le préfenter fucceffivement comme Naturalifte, comme Chymifte, & comme Praticien.

Pour prendre une idée de fes connoiffances en l'Hiftoire naturelle, voyez, page 2, colonne première (1), comme il diftingue l'Orme pyramidal d'avec les autres efpèces d'Orme. Il nous apprend, ce qu'on ne fçavoit fûrement pas avant lui, qu'à l'exception d'une feule, les autres efpèces dégénèrent : les Botaniftes croyoient qu'il n'y avoit que les individus qui étoient fufceptibles de dégénérer ; mais M. BANAU décide que les efpèces éprouvent auffi ces dégradations, & que, par un privilège exclufif, il n'y a que l'Orme pyramidal qui ne dégénère pas, & qui conferve fans altération fon caractère primitif. A l'exemple des plus célèbres Auteurs de matière médicale, il donne des caractères fûrs pour diftinguer l'Ecorce de cet Orme privilégié de celles des autres efpèces de ce genre, & même des cordes à puits découpées. Lifez encore au commencement de la première colonne de la page 4, la belle defcription qu'il fait de la bafe du rouge dont fe fervent les

____

(1) Cet Ouvrage eft intitulé : *fupplément au* N°. 255 *du Journal de Paris*, Vendredi 12 Septembre 1783.

Dames ; on avoit cru jufqu'ici que cette bafe
étoit une terre argileufe , appellée impropre-
ment , *Craie de Briançon* ; mais M. Banau
relève cette erreur de tous les Naturaliftes (1).
Cette fubftance n'eft autre chofe , fuivant lui,
que du plâtre , à qui l'on donne , encore fuivant lui, le nom plus recherché de *talc*. Ces
deux obfervations fuffiront fans doute, mon cher
Confrère , pour vous faire apprécier le mérite
de M. Banau, comme Naturalifte.

Il n'eft pas moins excellent Chymifte , &
vous pourrez vous en convaincre en lifant la
formule de tifanne d'Orme qu'il prefcrit, page 2
de fa Differtation. On découvre dans fes pré-
ceptes l'obfervateur exact & attentif des phéno-
mènes chymiques. Il avertit qu'il faut furveiller
l'ébullition, afin que la mouffe qui s'en élève
ne s'épanche pas : cette décoction , que tous
les autres Chymiftes auroient prife pour une
fimple diffolution mucilagineufe , eft , fuivant

____

(1) Il faut obferver que c'étoit tout bonnement après
avoir vu faire & avoir fait eux-mêmes le rouge avec
la craie de Briançon en poudre , & la partie colo-
rante du carthame extraite par l'alkali fixe , que les Naturaliftes & les Chymiftes croyoient être fûrs de connoître la préparation du bon rouge ; mais M. Banau a
le droit de dire tout ce qu'il veut & tout ce qu'il fçait

notre Auteur, graffe & huileufe, quand elle eft très-chargée, & telle qu'il la faut pour l'ufage extérieur. Dans cet état, quoique tenant en diffolution un fuc gommeux très-abondant, elle diffout encore le favon. Il appuie avec complaifance fur la belle couleur pourprée de cette décoction ; & vous fentez en effet quel eft, pour les malades, l'avantage de cette jolie nuance fur le tranfparent fade & fur le louche de certaines boiffons ; par exemple, d'une fimple tifanne de graine de lin ou de gomme arabique, que les Médecins du commun auroient peut-être ofé comparer avec l'Eau d'Orme, fondés en apparence fur la faveur fade & la vifcofité onctueufe de cette dernière.

Vous fçaviez déjà par le refte de ma Lettre, mon cher Confrère, que M. BANAU eft un très-grand Praticien ; je puis encore appuyer cette affertion, non feulement fur la manière dont notre nouvel Efculape décrit les accidens de la petite-vérole, la guérifon des hydropifies par la Décoction d'Orme, les affections polypeufes du fcorbut de terre, mais encore fur les obfervations relatives à la difparition des rides par l'ufage intérieur de ce remède, & à fa belle propriété de calmer le feu du rafoir pour les barbes dures, &c. &c....

(14)

A tous ces *mérites* , M. Banau en joint
un, le plus précieux de tous, peut-être, ou
au moins celui qui fait le plus bel éloge de
fon cœur. L'amour de l'humanité a porté ce
Médecin à indiquer un lieu où l'on pût fe pro-
curer ce Remède dans toute fon intégrité ,
foit en nature , foit en liqueur. C'eft dans
l'Hôpital Royal des Aveugles que fe vend
cette Ecorce & fa Décoction. Pour que tout
le monde pût également participer à ce rare
& précieux médicament, on le diftribuoit ces
jours derniers à 16 francs la livre. A ce prix
modique, vous voyez que la pinte de Décoction, préparée chez le malade, ne revient qu'à
quarante fols (on y met deux onces d'Ecorce), &
que des bains ou demi-bains de cette Décoction,
que le Docteur Banau recommande dans les
accidens graves du fcorbut, ne feroient affu-
rément pas chers (1). Il a encore enchéri fur ce
premier défintéreffement, en donnant la pinte
de la Décoction toute préparée à vingt-huit
fols : car s'il entre, comme il faut l'en croire ,
deux onces d'Ecorce d'Orme dans une pinte ,
vous voyez qu'outre l'eau, le feu, & la peine

____

(1) Ils coûteroient à-peu-près de trois à fix louis, ce
qui eft très-bon marché, pour des bains auffi utiles.

des faiſeurs, il diminue encore de douze ſols le prix du Remède ſimple (1).

Je reviens à mes moutons, mon cher Confrère, & je conclus de tout ce que j'ai eu l'honneur de vous expoſer, 1°. que je dois renoncer à mon projet de ſimplifier la matière médicale, depuis la belle découverte de M. BANAU ;

2°. Que ce Docteur eſt l'homme de ce ſiècle qui mérite le plus la reconnoiſſance de tous ſes ſemblables ;

3°. Qu'on doit abandonner tous les médicamens qui garniſſent les boutiques des Apothicaires, & s'en tenir à la ſeule Ecorce d'Orme pour la guériſon de toutes les maladies ;

4°. Qu'il eſt impoſſible de ſe refuſer à l'evidence des faits avancés par M. BANAU, d'après ſes profondes connoiſſances en Hiſtoire Naturelle, en Chymie & en pratique ;

5°. Enfin, que tout Médecin éclairé doit s'avouer comme moi,

ULMIPHILUS.

D'Epidaure, le 26 Septembre 1783.

---

(1) Depuis quelques jours, pour faire mieux cadrer les prix de l'Ecorce & de ſa Décoction, on donne la première à douze francs la livre, & la ſeconde à 30 ſ. la pinte. Les gens malins qui avoient d'abord plaiſanté ſur la différence des prix, ſont obligés de ſe taire.